女生徒

太宰治 + 今井キラ

首次發表於《文學界》1939年第6卷第4號

太宰治

明治42年（１９０９年）出生於青森縣的小說家。１９３５年以〈逆行〉入選第一屆芥川賞決選名單，隔年推出第一本創作集《晚年》，因《斜陽》等作品成為流行作家，最後留下《人間失格》，於玉川上水投河自盡。

繪師・今井キラ（今井綺羅）

出生於兵庫縣，為流行服飾品牌Angelic Pretty及雜誌、小說封面等提供作品。作品集有《月行少女》、《少女之國》、《Panier今井キラ蘿莉塔作品集》等等。以只此一家、別無分號的特殊氛圍獲得許多蘿莉塔少女的支持。

早上睜開眼睛的感覺好奇妙。就像玩捉迷藏時，屏氣凝神地蹲在漆黑的壁櫥裡，小凸突然唰地一聲拉開紙門，陽光嘩啦啦地灑落進來，小凸大聲說：「找到妳了！」感覺光線有點刺眼，然後是不自然的空白，再來是心跳加速，合攏衣服前襟，有些難為情地從壁櫥裡出來，忽然覺得火冒三丈……。不，不對，也不是那種感覺，該怎麼說呢，是更惆悵的感覺。就像打開盒子，發現盒子裡有個小盒子，打開小盒子，小盒子裡有個更小的盒子，再打開更小的盒子，更小的盒子裡還有更小更小的盒子……。

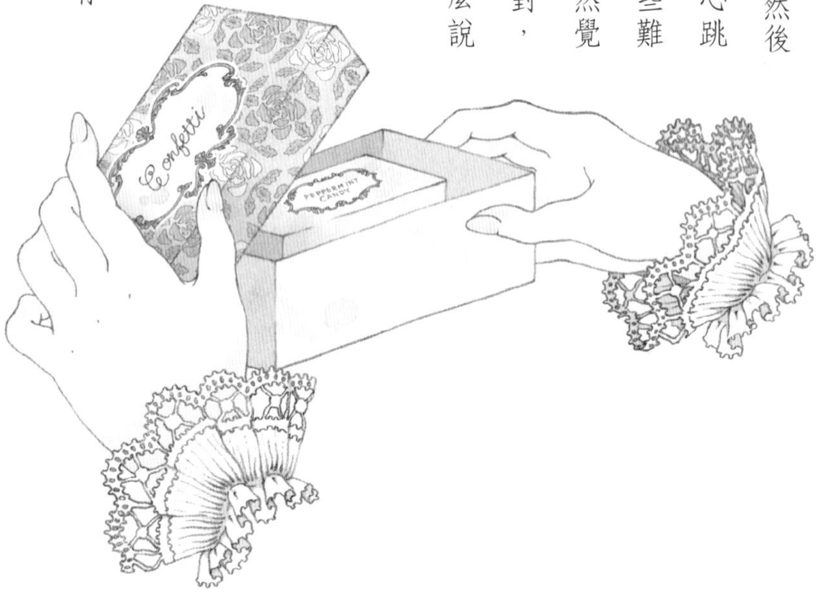

就這樣打開了七、八個盒子，終於出現一個只有骰子大小的盒子，小心翼翼地打開一看，裡頭什麼也沒有，類似那種空空如也的感覺。說什麼神清氣爽地醒來，根本是騙人的。其實是在濁之又濁的意識中，雜質慢慢往下沉澱，意識逐漸清明，這才疲倦地睜開雙眼。早上總讓人覺得虛假。悲傷的種種接二連三地浮現心頭，令人難以承受。討厭，真討厭。早上的我醜陋至極。兩條腿累得抬不起來，一早就什麼都不想做。難道是因為沒有睡熟。說什麼早晨是健康的，那也是騙人的。早晨是灰色的。一直都是灰色的。是最最虛無的時刻。每天早上，我躺在被窩裡，總覺得格外厭世。不想面對。唯有各種醜惡的悔恨一股腦兒堆滿在胸口，令我喘不過氣來。

早晨充滿了惡意。

「爸。」我試著小聲呼喚。感覺莫名害羞，又有點開心，迅速地起身，折好被子。抱起棉被時，我發出「嘿咻！」的吆喝聲，不由得大驚失色。因為我從未想過自己是會發出「嘿咻！」這種鄙俗叫聲的女人。「嘿咻！」這種叫聲簡直是老太婆才會喊的聲音，太沒有氣質了。我怎麼會發出這種叫聲呢？感覺就像體內住了一個老太婆，真不舒服。今後一定要特別注意。就像對別人粗魯的儀態大皺眉頭，冷不防發現自己也那樣走路時，感覺非常沮喪。

早上的我總是缺乏自信。穿著睡衣，坐在梳妝台前，沒戴眼鏡就攬鏡自照，面孔有些模糊，看起來頗為柔和。整張臉上我最討厭眼鏡了，不過眼鏡也有旁人不知道的好處。我喜歡摘下眼鏡望向遠方，整體就像籠罩著一層薄霧，如夢似幻，像透過偷窺孔欣賞畫作，妙不可言。看不見一絲污點，只看到體積比較大的物體、鮮明濃烈的顏色與光線。我也喜歡摘下眼鏡來看人，每個人的臉看起來都很柔和、美麗、笑容可掬。

而且沒戴眼鏡的時候絕不會想要跟人吵架，也不想說別人壞話，只是默默地發呆。像這種時候，看在別人眼中，我大概也是個老好人吧，一想到這點，我便放心地盡情發呆，想依賴別人，內心也變得更加柔軟。

不過，我還是討厭眼鏡。一旦戴上眼鏡，就會失去臉的感覺。誕生自臉上的各種情緒，例如浪漫、美好、激情、軟弱、純真、哀愁……凡此種種，都被眼鏡遮住了。不僅如此，可笑的是連以眼傳情都辦不到了。

眼鏡是妖怪。

或許是因為我總嫌棄自己的眼鏡，認為眼睛漂亮才是最重要的。即使沒有了鼻子，即使遮住了嘴巴，只要眼睛，只要看到那雙眼睛的時候，能讓人覺得自己必須活得更美，我認為就夠了。我的眼睛就只是大了一點，沒有絲毫用處。如果一直盯著我的眼睛看，會很失望。就連我媽都說我的眼睛索然無味。

這種眼睛就叫做黯淡無光的眼神吧。想到這裡，更加覺得大失所望。都是眼睛害的，太醜了。每次照鏡子，我都迫切地希望自己有一雙水汪汪的漂亮眼睛。希望眼睛能像湛藍的湖水、像躺在青青草原上仰望天空，清楚地映照出天邊不時飛掠的雲影與鳥蹤。真想遇見更多美目盼兮的人。

一想到從今天起就是五月了，不由得有些雀躍。總覺得好高興。覺得夏天的腳步也近了。走進院子，草莓開的花映入眼簾。父親已死的事實變得好不真實，難以理解死去、不在了的狀況究竟是怎麼一回事。

難以接受。不禁想念起姊姊和離我而去的人，以及那些許久不見的人。早晨總讓人不經意地想起已經過去的事與已經很久以前的人，感覺就像身旁有醃蘿蔔的臭味，真受不了。

恰比和可兒（那是隻可憐的狗兒，所以我叫牠可兒）打打鬧鬧著朝我跑來。兩隻狗在我跟前排排站，我卻只對恰比疼愛有加。因為恰比雪白的毛色充滿光澤，美極了。而可兒很髒。我明明知道當我對恰比好時，可兒會在旁邊露出可憐兮兮的表情。我也知道可兒是隻殘障狗，可悲得令人生厭。正因為牠太可憐了，所以我才故意欺負牠。可兒看起來像是流浪狗，難保哪天就慘遭屠狗人的毒手。可兒的腳有點跛，所以大概也跑不快。可兒，你快點去山上吧。沒有人喜歡你，所以你快點死一死吧。不只可兒，我對人也不懷好意。我會故意找麻煩、刺激別人，真是討人厭的孩子。我坐在緣廊上，撫摸恰比的頭，望向鬱鬱蒼蒼的綠葉，覺得自己好沒出息，真想坐在泥土上。

我好想哭。心想如果用力屏住呼吸，讓雙眼充血，就能掉幾滴眼淚也說不定，也真的試了，結果還是哭不出來。或許我已經變成沒血沒淚的女人了。

我放棄嘗試，開始打掃房間。邊掃邊唱起〈唐人阿吉〉。感覺像是看了一下四周。平常只聽莫扎特和巴哈的自己居然無意中唱起〈唐人阿吉〉，真有意思。抱起棉被時，喊了一聲「嘿咻！」打掃時又唱起〈唐人阿吉〉，連我都覺得自己沒救了。照這樣看來，自己睡著時不曉得會講出多低俗的夢話，就覺得坐立難安。又覺得甚是荒唐，一時忘了掃地，獨自竊笑。

穿上昨天剛縫好的新內衣，胸口繡著小朵白玫瑰。一旦穿上外衣，就看不見這朵刺繡了。誰也不知道。這可是我的拿手好戲。

媽媽正拚命幫人作媒，一早就出去了。媽媽從我小時候就為別人盡心盡力，儘管已經見怪不怪了，但媽媽鎮日奔走的活力著實驚人，令我佩服得五體投地。爸爸一頭栽進研究，所以媽媽連爸爸的份也一起努力。爸爸不擅交際，幸好媽媽很會廣結善緣。兩人的個性截然不同，但都很尊敬對方。說是一對挑不出缺點的如花美眷也不為過。啊，我說得太囂張了，太囂張了。

加熱味噌湯的同時，我坐在廚房門口，心不在焉地看著前方的雜木林。感覺無論是以前，還是從今往後，我都會像這樣，坐在廚房門口，保持相同的姿勢，思考著一模一樣的事，看著前方的雜木林。彷彿一瞬間同時感受到過去、現在、未來，感覺很奇怪。這種事不是第一次。

和某人坐在房間裡聊天時，視線瞥向桌角，然後就停在那裡，不再移動，只剩下嘴巴還在蠕動。像這種時候，都會產生奇妙的錯覺。忘了是什麼時候，處於同樣的狀態，聊起同一件事時，視線果然也看著桌角，令我相信從今以後，現在發生的事還會一再發生。不管走在多偏僻的鄉間小路上，心想以前一定也走過這條路。邊走邊摘下路邊的豆葉時，心想以前一定也曾經在這條路的這個地方摘下過這片豆葉。並且相信從今以後還會一而再、再而三地走在這條路上，在這裡摘下豆葉。還有一次，我泡在浴缸裡，不經意地看著自己的手，心想幾年後，當我又浸泡在浴缸裡，肯定又會不經意地看著自己的手，同時想起自己以前也曾經做過同樣的事。一思及此，不知怎地，情緒有些低落。或者是某個傍晚，把飯移到飯桶裡，說是靈光乍現或許過於誇張，感覺有什麼東西在體內竄來竄去，該怎麼說呢，我想用哲學的尾巴來形容，可是受到那傢伙的影響，感覺頭部和胸部的每一個角落都變得透明，彷彿有什麼東西輕輕地落在生命的長河裡，默默地，沒有發出任何聲音，就像涼粉被擠出來的時候那樣軟綿綿的，就這樣隨波逐流，美麗又輕盈地活下去。這時，委實不適合高談哲學。宛如偷腥的貓，躡手躡腳活下去的預感實在不是什麼好事，這樣反而更有趣。當心情一直處於那種狀態，人是否就會變得像是被神明附身呢。基督，而且還是女基督，好下流。

說穿了，或許是因為我太無聊了，完全不需要為生活操心，感受性處理不了每天幾百條、幾千條的所見所聞，在我還處於狀況外的時候，那些傢伙就會露出怪物般的表情，輕飄飄地浮起來也說不定。

獨自在餐廳吃飯。今年第一次吃到小黃瓜。從翠綠的小黃瓜感受到夏天來臨的腳步。五月的小黃瓜頗為青澀，蘊含著讓感覺心裡有點空，有點疼，又有點癢的悲涼。一個人在餐廳吃飯的時候，忽然莫名地想去旅行，想坐上火車。看報紙，報紙上刊登著近衛先生的照片。近衛先生算是好男人嗎。我不喜歡這張臉，主要是額頭不好看。看報紙的時候，我最喜歡看書的廣告。一字一行大概就得支付一、兩百圓的廣告費，所以大家都卯足了全力。為了讓每一字、每一句都能收到最大的廣告效果，無不絞盡腦汁、殫精竭慮地構思文案。這麼花錢的文章應該，世上應該不多吧。感覺很過癮。很痛快。

吃完早飯，關緊門窗，出門上學。心想不要緊，不會下雨，卻又無論如何都想帶媽媽昨天給我的精美雨傘出門，所以還是帶了。這把傘是媽媽以前少女時代用過的傘。找到這麼有趣的傘，我有些得意。我想帶著這把傘，走在巴黎的小鎮上。等這場戰爭結束後，這種充滿夢幻情調的古典雨傘一定會流行起來吧。這把傘跟綁帶式的仕女帽一定很搭。穿上有著長長的粉紅色下襬、領口大敞的衣裳，戴上用黑色絲綢蕾絲編的長手套，為帽簷又寬又大的帽子別上美麗的紫色堇花，然後在綠意盎然的季節去巴黎的

餐廳吃午飯。微微托著下巴，略帶憂愁地凝望窗外形色匆匆的路人，這時有人輕拍我的肩膀，音樂突然響起，玫瑰華爾滋。啊，好好笑，太好笑了。實際上，這只是一把奇形怪狀，只有握柄特別長的老舊雨傘。我這個人既可悲又可憐，堪比賣火柴的小女孩。也罷，乾脆邊走邊除草算了。

出門時，稍微除了一下門口的草，算是為媽媽貢獻一點勞力。今天或許會有什麼好事發生。同樣都是草，何以分成想除掉的草和想饒它們一命的草呢？可愛的草和不可愛的草在形狀上明明沒有任何差異，為何會涇渭分明地分成惹人憐愛的草和使人痛恨的草呢？完全沒有道理可循。女人的喜惡真是不可理喻。為媽媽貢獻了十分鐘的勞力後，我加快腳步走向車站。穿過田埂，突然好想畫畫。途中經過神社的林間小路，這是只有我才知道的捷徑。走在林間小路上，不經意地往下看，麥子已經長了兩寸高。

看著綠油油的麥子，心想：啊，軍隊今年也來過了。大批的軍隊和馬去年也行經此地，在神社的森林裡整裝休息再出發。過了一陣子再經過那裡，發現麥子就跟今天一樣，長得十分茂盛。只不過，這些麥子不會再長高了。這座森林是如此地陰暗，完全曬不到太陽，所以今年也從軍隊馬背上的木桶掉出來，恣意生長的這些麥子，大概只能長到這個高度就會死去，真可憐。

穿過神社的林間小路，走到車站附近時，與四、五個工人站在一起。那些工人一如既往地對我講些不堪入耳的話。我不知該如何是好。我想甩開那群工人，頭也不回地往前走，可是這麼一來就必須從那群人中間穿過才行。好可怕。可是話說回來，默不作聲地佇立原地，讓他們先走，等他們與我拉開一定的距離需要更大的勇氣。因為這麼做很失禮，可能會惹他們生氣。身體不聽使喚地顫抖，好想哭。想哭的衝動令我好難為情，衝著那群工人微微一笑。

然後慢慢地跟在他們後面。雖然這是唯一的辦法，可是那種不甘心的感覺直到上了電車後仍未消退。我好想快點變得堅強、通透，足以泰然自若地面對這種微不足道的小事。

車門旁邊就有個空位，我悄悄放上自己的東西，順手撫平裙子的摺痕，正想坐下時，有個戴眼鏡的男人移開我的東西，一屁股坐了下去。

我說：「不好意思，那是我先找到的空位。」男人苦笑，不當一回事地開始看報紙。仔細想想，還真不知道誰比較厚臉皮。說不定是我比較厚臉皮。

沒辦法，我把雨傘和其他東西放上網架，抓緊吊環，一如往常地看起雜誌來，單手翻頁的同時，腦海中掠過一個想法。

如果不讓我看書，閱讀習慣從未遭到剝奪的我大概會哭出來吧。可見我多麼依賴書裡寫的故事。每看一本書，就會沉迷其中，對書中的內容產生信賴、產生共鳴、與之同化，試著與生活產生連結。

可是當我看了另一本書，又會立刻拋開前一本書，融入另一本書的世界裡。竊取別人的東西，重新打造成自己的東西，這種狡猾的才能是我唯一的特技。這種狡猾、偷雞摸狗的行為真的很討厭。如果每天都在重蹈失敗的覆轍，重複著丟臉的過程，或許性格會變得比較沉穩。可惜就連這些失敗，我好像也能得意洋洋地使出苦肉計，編出似模像樣的理由，想方設法穿鑿附會，巧妙地蒙混過去。（就連這句話也是我在某本書上看到的。）

其實我根本不曉得哪個才是真正的自己。沒有書看，找不到可以模仿的對象時，我到底會怎麼做呢。可能會手足無措，萎靡不振地鎮日以淚洗面也說不定。畢竟我不能每天都在電車上漫無目的地胡思亂想。身上還殘留著不舒服的餘溫，令人無所適從。心想一定得做點什麼、一定要想想辦法才行，可是該怎麼做才能準確無誤地掌握住自己呢。過去的自我批判簡直毫無意義。每次試圖批判自己，發現自己可憎、軟弱的地方後，又會立刻放過自己、安慰自己，做出矯枉過正也不好的結論，哪捨得批判自己啊，什麼都不想還比較有良心。

這本雜誌也以「年輕女孩的缺點」為題，列出許多人寫的文章。看著看著，覺得自己好似被品頭論足，感覺好羞恥。寫這些文章的人各有千秋，有些是平常就很蠢的人，寫出來的文章果然也很蠢；有些是照片上看起來很時髦的人，揮灑著時髦的文字，實在很可笑，害我不時吃吃竊笑地看下去。宗教家動不動就搬出信仰，教育家通篇都是要惜福、要感恩的教誨，政治家引經據典，作家裝模作樣地賣弄著文謅謅的字眼。自以為了不起。

然而，大家寫的確實都很中肯。年輕女孩確實沒有個性，缺乏內涵，與正確的希望、正確的野心相差十萬八千里。換言之，也就是毫無理想的意思。就算會批判，也不敢直接積極地批判自己的生活。既不反省，也缺乏真正的自覺、自愛、自重。即使採取有勇氣的行動，也不見得能對其所產生的各種結果負起責任來。善於順應、處理自己周遭的生活風格，可是對自己及自己周遭的生活卻沒有正確而深厚的愛。並非實質意義上的謙遜，缺乏創意，只會模仿，缺少人類原本「愛」的感覺。故作優雅，卻毫無氣質。除此之外還寫了很多。看下來真的有很多讓人怵目驚心的論點。沒辦法否認。

可是這上面寫的文字都很樂觀，感覺就只是為寫而寫，與那些人平常的想法無關。堆砌著大量「真正意義上的」、「原本的」形容詞，可是「真正的」愛、「真正的」自覺到底是什麼卻寫得語焉不詳。這些人或許知道。既然如此，只要具體地給出一句話，像是往左，還是往右，只要給出一句具有權威性的指示，真的會讓人感激涕零。我們已經失去表達愛情的羅盤，所以別再說這樣不行、那樣不行。不如斬釘截鐵地命令我們這樣做或那樣做，我們一定會全部照做。或許誰都沒有自信。或許連在雜誌上發表高見的人，也不是何時何地都秉持這樣的意見。他們義正詞嚴地教訓別人沒有正確的希望、正確的野心，那麼當我們追逐正確的理想採取行動時，這個人會永遠守護、引導著我們嗎。

儘管不是很確定，我們仍隱約知道哪裡才是自己想去的地方、哪裡才是自己最該去的地方、哪裡才是自己應該發揮所長的地方。人人都想過更好的生活。這才是正確的希望與正確的野心。急著想擁有值得信賴、堅定不移的信念。可是，如果要把這些全部體現在身為一個女孩子的生活上，不知需要多大的努力。還得考慮到父母兄姊的想法。（嘴上雖然說那是老生常談，但我絕對沒有輕視人生的前輩、老人、已婚人士的意思，不僅如此，我一向對他們敬重有加。）還有日常生活中密不可分的親戚、熟人、朋友。再加上總是以巨大的力量推著我們往前走的「社會大眾」。一旦把這些人的想法和看法全部考慮進去，就無法只顧著發揮自己的個性。不得不承認，避免引人注目，遵循大多數正常人走過的路前進才是最聰明的作法。也體認到要讓所有人接受針對少數人設計的教育是非常殘酷的事。隨著年歲漸長，我逐漸明白，學校教的規矩與社會上的規定有著天壤之別。要是徹底遵守學校教的規矩，那個人肯定會被看不起，被當成怪胎，一輩子窮得無法翻身。天底下真的有人從不說謊嗎。有的話，那個人肯定永遠都是輸家。我身邊就有一個行得正、坐得端，擁有堅定不移的信念，勇於追求理想，堪稱真的活著的親戚，可是其他親戚都把他貶得一文不值，當他是笨蛋。像我這種人，既然已深知被當成笨蛋的輸家有什麼下場，自然不敢無視母親與眾人的反對，堅持自己的主張。我太膽小了。小時候，當自己的想法與別人完全不一樣時，我還會問媽媽：「為什麼？」當時，媽媽只用一句話打發我，而且還生氣了。媽媽說我壞透了，像個不良少女，很難過的樣子。我也跟爸爸說過，爸爸當時只是默默地笑著，事後好像跟媽媽說：「這孩子有點與眾不同。」隨著我漸漸長大，個性變得更加膽怯，就連做一件衣服，也會考慮別人的想法。其實我悄悄地愛著自己的個性，也想繼續愛下去，卻沒有勇氣不顧一切地當成自己的個性表現出來。我總想成為大家心目中的好女孩。當許多人聚在一起，我是多麼地卑微啊。自欺欺人地侃侃而談根本不想說出口的違心之論。因為我覺得那樣對我比較有利、更有好處。我知道這樣很糟糕。但願道德煥然一新的時刻能早日到來。如此一來，或許就不用再卑躬屈膝，也不用再不是為了自己，而是為了別人，每天過著謹小慎微的生活。

啊，那裡有空位。我趕緊從網架上取下我的東西和雨傘，迅速地搶攻下來。右邊是中學生、左邊是背著小孩，圍著揹巾的大嬸。大嬸已經不年輕了，還化著厚厚的妝，把頭髮紮成流行的樣子。五官算漂亮，可惜頸子的部分爬滿了黝黑的皺紋，讓人看不下去，粗俗到想揍她一拳。人站著和坐著的時候想的事天差地別。坐著的時候，滿腦子都是惶惶無依、情緒低落的事。四、五個看起來年紀相仿的上班族心不在焉地坐在我對面的座位。年約三十出頭，沒有一個能看的。每個人的眼睛都混濁無神，沒有一絲霸氣。可是如果我現在對其中某人嫣然一笑，光是這樣，我就會被那傢伙纏上，不得不嫁給那個人也說不定。女人光是一抹微笑就能決定自己的命運，太可怕了，簡直不可思議。千萬要小心。今天早上，我真的滿腦子都是莫名其妙的念頭。這也沒辦法，誰叫我眼前不時浮現出兩、三天前來我們家整理院子的園丁。那個人從頭到腳都是不折不扣的園丁，唯有五官的神韻不是這麼回事。說得誇張點，他有一張思想家的臉。膚色黧黑，看起來格外嚴肅。眼睛長得很好，眉頭也靠得很近。鼻子非常塌，可是這樣反而與黝黑的膚色相得益彰，彷彿擁有堅強的意志。嘴唇的形狀也很好看。耳朵有點髒。手確實是園丁的手沒錯，可是戴著黑色軟呢帽，藏在陰影底下的臉不禁讓人覺得他當園丁有點可惜。我問過媽媽好幾次，問他是否打從一開始就是園丁，問到媽媽都發脾氣了。今天我用來裝文具的大方巾就是他第一次來我家那天，媽媽給我的。那天，我們家大掃除，修廚房和修榻榻米的人都來了，媽媽也整理了衣箱，就是那時候翻出這條大方巾，由我接收。那是條充滿女人味的大方巾，很漂亮，讓人捨不得打結。

我坐著，就這樣放在膝蓋上，盯著看了老半天，伸手撫摸。很想讓車上的人欣賞，可是誰也不願意多看一眼。

只要有人願意肯凝視一下這條可愛的大方巾，我甚至可以嫁給他。說到本能這個字，我就想哭。當我們從自己平日的作為理解到本能的大小與單憑我們的意志無法推動的力量時，心情會陷入狂亂，惶惶然地不知該如何是好。既不否定，也不肯定，就像有什麼龐然大物一股腦兒地從頭上蓋下來，肆無忌憚地拖著我到處跑。被拖著到處跑的同時，又有一股滿足的心情，與另一股以悲傷的心情冷眼旁觀這股滿足心情的情緒。為什

麼我們不能只滿足於自己、一生只愛自己呢。只能眼睜睜地看著本能吞噬掉我過去的感情與理性，真沒用。就算只有一瞬間，迷失自我仍令人對自己感到失望。得知無論哪個自我都有無庸置疑的本能後，淚水幾欲奪眶而出。想呼喚父母。但真實或許就存在於自己排斥的事物中，所以更是窩囊得無以復加。

御茶水到了。我下車，站在月台上，總覺得一切都無所謂了。急著想努力地記起剛才發生的事，卻什麼也想不起來。然後又急著思索後續，卻一樣什麼都想不出來。腦中一片空白。這種時候，情緒會受到莫大的打擊，明明痛苦又羞恥，可是那個時刻一旦過去，就跟什麼事也沒發生過無異。

名為「現在」的瞬間很有趣。現在、現在、現在……即使用手指按住這一刻，現在也正往遠方飛去，迎來新的「現在」。沿著天橋的樓梯一階一階地往上爬，心想這是在做什麼。蠢斃了。或許我有點太過於幸福了。

今天早上的小杉老師很漂亮。一如我的大方巾那麼漂亮。老師很適合美麗的藍色。胸口大紅色的康乃馨也很耀眼。如果能扣掉「造作」這一點，我會更喜歡她。只可惜她的小動作太多了，顯得有些勉強，長此以往應該會很累吧。性格也有些費解，很多地方都令人難以理解。明明個性陰沉，偏要故作開朗。不過，再怎麼說，她還是很有魅力的女人。甚至讓人覺得當老師有點可惜了。雖然沒有以前那麼受學生歡迎，可是我，只有我，還是跟以前一樣為她神魂顛倒。她給人的感覺就像住在山中湖畔古堡的千金大小姐。瞧我卯起勁來稱讚她。小杉老師的課為何總是如此一板一眼呢。難道是腦子不好嗎。真令人沮喪。她從剛才就沒完沒了地高談愛國心云云，愛國心還需要她告訴我們嗎。每個人都深愛著自己生長的地方。真無聊。我撐著下巴，心不在焉地望向窗外。或許是因為風夠大，雲很美。院子角落開了四朵玫瑰花。

一朵黃色、兩朵白色、一朵粉紅色。我怔忡地看著花，心想人類其實也有可取之處。是人類發現花的美，也是人類懂得愛花惜花。

午飯時聊到鬼故事。安兵衛大姊提到一高的七大怪談「禁忌之門」，大家都嚇得鬼吼鬼叫。不是那種幽靈出沒的怪談，而是心理上的驚悚，所以很有意思。因為鬧得太歡，明明才剛吃飽，肚子又餓了。趕緊去找賣紅豆麵包的太太請我們吃牛奶糖。吃完牛奶糖，大家又沉醉在恐怖的故事裡，所有人的興致都被這個鬼故事挑起來了。這大概是一種刺激吧。除此之外還聊到「久原房之助」的話題，雖然不是怪談，但是很好笑，真的很好笑。

下午的圖畫課，大家都在校園裡練習寫生。伊藤老師為什麼老是要無意義地刁難我呢。昨天也要我當他的模特兒，給他作畫。我今天帶來學校的那把舊傘在班上受到熱烈的歡迎，掀起一陣騷動，就連伊藤老師也聽說了，要我撐著那把傘，站在校園一隅的玫瑰花旁。老師說要畫下我的模樣，拿去參加這次的畫展。我只答應當他的模特兒三十分鐘。我很高興能幫上一點忙。可是要單獨面對伊藤老師真的好累。此人滿口迂迴曲折的歪理不說，再加上或許是在太意我，所以邊素描邊跟我聊天，但講來講去都是我的事。我根本懶得回答，傷腦筋。真是個不乾不脆的傢伙。笑點很奇怪，都當老師了，還很害羞，做任何決定都無法痛下決心，令人作嘔。

說什麼「我想起死去的妹妹。」說這個做什麼。人倒是好人，就是肢體動作多了點。

說到肢體動作，我的肢體動作也不遑多讓。而且我的動作狡猾又機靈。因為是真的裝腔作勢，所以才更難以收場。如果說「誰叫我太會擺姿勢了，反而被姿勢附身，成了說謊的妖怪」，這也

是一種故作姿態，害我進退兩難。像這樣安安靜靜地當老師的模特兒，也還在熱切祈求「想變自然、想變坦率」。別再看什麼書了。徒具觀念的生活毫無意義，假裝自己什麼都懂的人太可恥了，令人輕蔑。看似沒有生活的目標，又認為應該更積極地面對生活與人生，反問自己是否充滿矛盾，為此拚命地思考、煩惱，但妳其實只是多愁善感而已，只是在心疼自己、安慰自己而已。而且還高估自己的能耐。唉，居然找我這種內心如此污穢的人當模特兒，老師的作品一定會落選。不可能畫得好看。雖然不應該，但我真的覺得老師很蠢。連我內衣繡了玫瑰花都不知道。

默默地保持同一個姿勢站久了，突然好想要錢。只要給我十圓就好了。我好想看《居禮夫人》。還有，希望媽媽長命百歲。沒想到當老師的模特兒這麼辛苦，我快累死了。

放學後，和寺廟的女兒金子偷偷去好萊塢弄頭髮。看到弄好的髮型根本不是我要求的樣子，好失望。無論從哪個角度來看，我都與可愛沾不上邊。感覺自己好膚淺。深受打擊。甚至覺得來這種地方請人幫我弄頭髮這種事就像一隻髒兮兮的母雞，為此後悔不已。

我們居然跑來這種地方，我簡直瞧不起自己。金子倒是很興奮，甚至還說出「乾脆直接去相親吧」這種不經大腦思考的話。而且她還真的以為自己要去相親了。

還認真地研究起「這種髮型要插什麼顏色的花比較好看？」或「穿和服的話，要綁哪種腰帶比較好看？」

真是個無憂無慮、討人喜歡的人。

我也笑著問她：「妳要和誰相親呢？」

「當然是找個門當戶對的人啦。」金子不假思索地回答。這句話是什麼意思？我有點詫異，一問之下，原來是寺廟的女兒最好嫁去寺廟當媳婦，這樣一輩子都不愁吃穿。這讓我又吃了一驚。金子看似沒有個性，因此顯得很有女人味。我們只是在學校裡的座位剛好坐在一起，我對她並沒有太推心置腹，可是她卻跟大家說我是她最好的朋友。真是可愛的女孩。每兩天都會寫一封信給我，對我照顧得無微不至，我非常感謝她，但今天實在手舞足蹈得太誇張了，我實在看不下去。與金子分開後，我跳上公車。感覺有些憂鬱。在公車上看到一個討厭的女人。穿著領子不乾淨的衣服，用一把梳子固定住亂糟糟的紅頭髮，手腳髒兮兮，氣鼓鼓地板著暗紅色的臉，甚至分不清是男是女。看得我心情好差，唉。女人的肚子很大，時不時自顧自地眉開眼笑。母雞。偷偷跑去好萊塢弄頭髮的我跟這女人根本沒有任何不同。

我想起今天早上，電車上坐我旁邊那個濃妝艷抹的大嬸。唉，髒死了，髒死了。女人真下流。我自己也是女人，很清楚女人那些骯髒的心思。真討厭，討厭到令人咬牙切齒的地步。就像玩弄完金魚之後，那股臭不可聞的腥味深深地滲入自己體內，再怎麼洗也洗不掉。再想到自己也將日復一日地散發出雌性的體臭，恨不得現在就以童女之身死掉算了。我想生病，要是能生很重的病，汗水像瀑布般奔流，變得骨瘦如柴，或許我也能變得清淨無垢。但有生之年，大概都無法逃脫這種宿命。感覺自己似乎也能理解正式宗教的意義了。

下了公車，稍微鬆了一口氣。看樣子是交通工具不好。空氣不冷不熱，令人無所適從。還是大地好。踩在泥土上行走，會讓人喜歡上自己。看樣子是我有些浮躁了。不知人間疾苦。小青蛙，小青蛙，你在看什麼，看到田裡的洋蔥就回家吧，青蛙叫了就回家吧。我小聲地唱著歌，心想這傢伙怎麼能這麼無憂無慮，對自己感到束手無策，對這個光長個子不長腦子的傢伙恨得牙癢癢。我想變成大家閨秀。

每天都會經過這條回家的鄉間小路，看得實在太習慣了，所以已分不清這裡是多僻靜的鄉下。因為就只有樹、路、田。今天來模仿一下初來乍到這個地方的外地人吧。想像我是神田一帶的木屐店女兒，有生以來第一次踏上郊外的土地。那麼這個鄉下在我眼中會是什麼模樣呢。真是個好主意，真是個可悲的主意。我擺出嚴肅的表情，刻意誇張地東張西望。經過低矮的行道樹下，回頭仰望新綠的枝葉，「啊！」地小聲輕呼。過橋時，低頭盯著小河看上一會兒，讓河水倒映出自己的臉，學狗「汪！汪！」叫了幾聲。望向遠處的農田，瞇著眼，任心曠神怡的風吹拂，低聲嘆息：「真好啊！」在神社小憩片刻。神社的森林裡暗無天日，我連忙站起來，微微顫抖著說：「哇，好可怕。」加快腳步穿過森林，站在森林外的陽光下，故意表現出受到驚嚇的模樣，提醒自己以各種嶄新的角度屏氣凝神地走在鄉間小路上，不知怎地，突然覺得好寂寞。最後一屁股坐在路邊的草地上。坐在草地上，直到剛才都還雀躍萬分的心情發出「咚！」的一聲消失殆盡，變得正經八百。然後我靜靜地、慢慢地回憶最近的自己。最近的自己是哪根筋不對了，為何如此不安。總是在害怕著什麼。前陣子也有人對我說：「妳漸漸變得庸俗了。」

或許是吧。我確實變得庸俗了，變得無趣了。不行，不行。真沒用、太沒用了。突然好想「哇！」地大喊一聲。休想單用一聲「呿！」就想掩飾自己的怯懦。應該還有更好的方法。我仰躺在翠綠的草原上，心想自己可能戀愛了。

「爸爸。」我試著叫叫看。爸爸。爸爸。黃昏的天空好美。黃昏的霧是粉紅色的。夕陽的光線融解在霧氣裡，暈開，所以黃昏的霧才會變成如此柔和的粉紅色吧。粉紅色的霧輕飄飄地流過，躲進樹林裡，在路上行走，輕撫著草原，然後溫溫柔柔地包圍住我的身體。粉紅色的光輕輕地撫摸過我全身，微微地照亮我每一根頭髮。但這片天空比這一切都美。我有生以來第一次想低頭感謝這片天空。我現在相信神了。該怎麼形容這片天空的顏色呢。玫瑰、失火、彩虹、天使之翼、寺廟裡巨大的建築物。不，都不對。是更神聖的東西。

「我想愛所有人。」這個想法強烈得幾乎令我落淚。直勾勾地凝視著天空，天空逐漸變了模樣。藍色的比例愈來愈高。我只能嘆息，真想乾脆變得一絲不掛。而且樹葉及草色從未如此透明而美麗。我輕撫小草。

我想活得漂亮。

推開家門，發現家裡有客人。媽媽也已經回來了。家裡一如既往地充滿歡聲笑語。媽媽和我單獨相處時，無論臉上笑得多開，都不會發出聲音。可是與客人談天時，臉上毫無笑意，唯有聲音笑得高亢又嘹喨。我打完招呼，立刻繞到屋後，在井邊洗手，脫掉襪子，正在洗腳時，魚販來了。「讓您久等了，謝謝惠顧。」說完將一條大魚放在井邊。不曉得是什麼魚，可是從魚鱗的細緻程度來看，大概是北海的魚。我把魚移到盤子裡，又洗了一次手，聞到北海道夏天的味道，想起前年暑假去北海道姊姊家玩的事。

姊姊住在苫小牧，因為靠近海岸，始終有股魚腥味。眼前歷歷在目地浮現出姊姊傍晚獨自在空曠而寬敞的廚房，用充滿女人味的白皙雙手俐落地烹調魚料理的樣子。還想起也不知道為什麼，當時我很想向姊姊撒嬌，想得不得了，但姊姊那時已生下小年，不再是只屬於我的姊姊了，一思及此，感覺心裡有股冷風吹過，怎麼樣也無法攬住姊姊瘦弱的肩膀，只能以寂寞得快要死掉的心情，靜靜地站在幽暗的廚房角落，盯著姊姊動作極為輕柔的潔白手指，看得出神。如果是不相干的人，大概會隨著相隔千里而逐漸淡忘，我卻淨是想起骨肉至親那些令人懷念又美好的部分。

井邊的茱萸果實開始帶點淡淡的朱紅色。再過兩週或許就能吃了。去年發生了一件很好笑的事。傍晚，我一個人摘下茱萸的果實吃，恰比默默地看著我，我不忍心，給了牠一顆。恰比吃了。我再給牠兩顆，恰比又吃了。因為實在很有趣，我搖晃茱萸樹，果實啪嗒啪嗒地落了一地，恰比專心致志地吃起來。真是條笨狗。我頭一次看到吃茱萸的狗。我也踮起腳尖，摘下茱萸吃。恰比也在我腳邊拚命吃，真可笑。想起這件事，我突然好想念恰比，喊了聲：「恰比！」

恰比從玄關意氣風發地跑來。我突然覺得恰比惹人憐愛得不得了，用力抓住牠的尾巴，恰比輕輕地咬我的手。我感覺好想哭，拍打牠的頭。恰比若無其事、聲響大作地喝著井裡的水。

進屋，電燈亮著，屋裡靜默無聲。爸爸不在了。爸爸不在了以後，家裡果然留下一個偌大的空缺，令人難以承受。換上和服，親吻脫下內衣上的玫瑰，坐在梳妝台前，媽媽和客人的笑聲從客廳鬧哄哄地傳來，我不禁火冒三丈。媽媽和我獨處時還好，可是每當有客人來，媽媽就會突然離我好遠，對我非常冷淡，這時我會非常想念爸爸，想到黯然神傷。

攬鏡自照，我的臉比想像中更神采奕奕。臉是另一個人。與我自己的悲傷、痛苦這些心情全然無關，自由地活成另一個個體。今天也沒有塗上胭紅，臉頰卻紅通通的，小巧的嘴唇也紅潤發光，好可愛。摘下眼鏡，微微一笑。眼睛長得很好看，清澈水靈。或許是因為長時間凝望黃昏美麗的天空，眼睛才變得如此美麗。真不錯。

有些沾沾自喜地走向廚房，洗米時，再次悲從中來。好想念以前住在小金井的家，想念得胸口彷彿有一把火在燒。那個家很好，爸爸在，姊姊也在，連媽媽也還很年輕。我放學回來，會跟媽媽、姊姊在廚房或客廳有說有笑地閒話家常。她們會給我點心吃，我則拚命向她們撒嬌、跟姊姊吵架，然後一定會挨罵，衝出家門，跳上腳踏車，騎到很遠很遠的地方，傍晚才回家，快快樂樂地吃晚飯。真的很快樂。不用針對自己，也不用為自己的不潔左右支絀，只要像個孩子般撒嬌就行了。享受著巨大的特權，而且享受得臉不紅、氣不喘。既不擔心，也不寂寞，更沒有痛苦。

爸爸是很好、很偉大的父親。姊姊很溫柔，我總是跟在姊姊屁股後面。可是隨著我們一天天長大，再加上我自己變得很低俗，曾幾何時，我失去了追隨姊姊的特權，變得一無所有，醜惡莫名。再也無法對任何人撒嬌，一股腦兒鑽牛角尖，生命淨是苦痛。姊姊出嫁，爸爸也不在了，只剩媽媽和我。想必媽媽也很孤單吧。前陣子媽媽還說：「從今以後，我已了無生趣。瞧妳那副德性，我真的感受不到一絲歡愉。請原諒我。既然妳爸已經不在了，幸福也不必再來敲門。」看到蚊子，冷不防想起爸爸；拆開和服時，想起爸爸；剪指甲的時候也想起爸爸；喝到一杯好喝的茶，更是會想起爸爸。任憑我再怎麼安慰媽媽、陪她聊天，還是無法取代爸爸。夫妻間的感情是世上最濃烈的情感，肯定比親情還要崇高。這麼想有點太人小鬼大了，不由得羞紅了臉，我用濕淋淋的手撩起髮絲。用力洗米，打從心底覺得媽媽好可愛，令人心疼，決定好好孝順她。燙成這麼鬈的頭髮最好趕快解開，好讓頭髮留長一點。媽媽從以前就不喜歡我的短髮，如果我留長頭髮，綁得漂漂亮亮地給媽媽看，媽媽應該會很欣慰吧。可是我又討厭自己不惜做到這個地步也要討媽媽歡心，太下流了。仔細想想，這陣子我的心浮氣躁都跟媽媽有關。我想做個善解人意的女兒，可是又不想刻意討媽媽歡心。最好什麼都不說，媽媽也能理解我的心情，為此感到放心。無論我再怎麼任性，也絕對不會做出會淪為世人笑柄的事；再怎麼痛苦、再怎麼寂寞，也會好好地保護重要的事物，我就是這樣深深地愛著媽媽和這個家，所以要是媽媽也能對我絕對地信任，輕輕鬆鬆、迷迷糊糊地過日子就好了。我一定會努力表現，鞠躬盡瘁，死而後已。對於現在的我而言，這也是最大的喜悅，是我的生存之道，可惜媽媽一點也不相信我，仍當我是小孩。如果我說出孩子氣的話，媽媽會很開心，上次也是，我耍寶地故意拿出烏克麗麗，叮叮咚咚地亂彈，表現出胡鬧的樣子時，媽媽發自內心高興，還故意裝傻地調侃我：

「咦，下雨啦？我聽見下雨的聲音了。」以為我真的喜歡彈烏克麗麗，我好糟糕，好想哭。媽媽，我已經長大了，已經理解這世上的一切了。妳可以放心地找我商量任何事。即使是家裡的經濟問題，也可以全部跟我說，只要告訴我「家裡是這種狀態，妳也要共體時艱」，我就再也不會吵著要買鞋了。我會成為精明能幹、省吃儉用的女兒。

真的，沒有騙妳。可是……啊，可是……我想起有一首這樣的歌，自顧自地吃吃笑了起來。回過神，我正呆呆地把雙手插在鍋子裡，像個傻瓜似地胡思亂想。

不行，不行。得快點準備晚餐給客人吃才行。剛才那條大魚要怎麼處理呢？先切成三片，用味噌醃漬備用吧。這樣一定很好吃。所有的餐點都得靠直覺來做。小黃瓜還剩一些些，可以做成醋溜小黃瓜。再加上我最拿手的煎蛋。還差一道菜。啊，有了。來做洛可可料理吧。這是我發明的料理。在每個人的盤子裡放上火腿和蛋、洋香菜、高麗菜、菠菜等所有廚房剩下的食材，擺得賞心悅目、五顏六色，因為隨便弄一弄就好了，不需要費太多工夫，既經濟又實惠，雖然一點也不好吃，卻能讓餐桌變得熱鬧非凡、絢麗多彩，看起來就像是豪華的山珍海味。

切開來的蛋旁邊是碧綠的洋香菜，再旁邊是鮮紅的火腿，宛出露出水面的珊瑚礁，黃色的高麗菜葉片則是牡丹花瓣，有如羽扇般鋪在盤子裡，青翠欲滴的菠菜儼然牧場或湖水。當餐桌上出現兩、三盤這樣的食物，客人會情不自禁地想起路易王朝……怎麼可能。或許沒有那麼誇張，反正我也做不出美味的餐點，至少要用漂漂亮亮的外觀來迷惑客人，掩飾我廚藝不佳的事實。料理最重要的還是賣相。基本上，光靠賣相就能蒙混過關。不過這道洛可可料理特別需要美術天分。在色彩的搭配

上要比別人更加敏感，否則就會失敗。至少要像我這麼面面俱到才行。我上次翻字典查洛可可這個生字的意思，居然是指金玉其外、敗絮其中的裝飾風格，不禁啞然失笑。這個答案太妙了。都已經很漂亮了，如果內容還很充實的話誰受得了。純粹的美，一向是既無意義，又沒道德。所以我喜歡洛可可。

總是這樣，我負責做飯，試了各種味道後，感覺非常空虛。累得要死，變得陰鬱。陷入所有努力都瀕臨飽和的狀態。夠了，夠了，一切的一切都隨他去吧，我不管了。最後自暴自棄地「呸！」了一聲，不管是味道還是外觀都隨便弄弄，粗手大腳地胡搞一通，板著臭臉端到客人面前。

今年的客人特別令人鬱悶，是大森的今井田賢伉儷和今年剛滿七歲的良夫。今井田先生已經快四十歲了，還像個奶油小生似地唇紅齒白，真噁心。為什麼要抽敷島香菸。這種有濾嘴的香菸，總讓人覺得不太乾淨。香菸一定要把兩端切割平整。如果抽的是敷島香菸，我甚至會懷疑那個人的品格。他一而再地對天花板吐煙圈，喃喃自語地說「原來如此」。據說他現在是夜校的老師。妻子個頭嬌小，畏首畏尾，十分鄙俗。再無聊的事，都能笑得前俯後仰，臉都要貼到榻榻米上了。有這麼好笑嗎。大概誤以為誇張得笑到嗆咳、笑到趴在地上是什麼優雅的表現。這年頭，這種階級的人或許才是社會上最低劣、最骯髒的。是叫作小資產階級？還是小公務員來著？就連小孩也老氣橫秋，看起來一點也不活潑坦率。心裡雖然這麼想，但我仍按下滿肚子不以為然的情緒，問好、微笑、陪聊、拚命稱讚良夫可愛，摸摸他的頭，說謊哄騙大家，所以今井田夫婦其實比我還清純也未可知。大家享用我做的洛可可料理，讚美我的廚藝，我又是淒清，又是氣憤，感覺眼淚就要掉下來了，仍努力擠出愉悅的笑臉，後來我也跟大家一起吃飯，今井田太太的廢話實在太囉嗦也太無知了，讓人聽得怒火中燒，我下定決心不要再說謊了。

「這道菜根本一點也不好吃。巧婦難為無米之炊，我也只能出此下策。」我只是一五一十地陳述事實，今井田夫婦卻說我「出此下策」這句話說得極好，還拍手大笑。我失望至極，直想丟下碗筷，嚎啕大哭。但我硬生生地忍住，硬生生地在臉上堆出笑容，結果連媽媽都說：

「這孩子終於也逐漸派上用場了。」媽媽，妳明知我有多傷心，卻為了迎合今井田先生，笑嘻嘻地說出這麼無聊的話。媽媽，大可不必不惜做到這種地步也要討好今井田這種人。面對客人時的媽媽不再是媽媽，只是個弱女子。因為爸爸不在了，媽媽才變得這麼卑微嗎。

我覺得好窩囊，一句話也說不出來。請回吧，請回吧。我爸是很偉大的人，既溫柔，人格又高尚。如果因為我爸不在了，就這樣瞧不起我們孤兒寡母，那請你們馬上離開。我好想這麼對今井田說，但我終究還是軟弱地為良夫切火腿，幫今井田夫人拿醬菜，盡心盡力地服侍他們。

吃完飯，我立刻躲進廚房裡開始洗碗。我想盡快與自己獨處。倒也不是自視甚高，而是不覺得有必要再勉強自己附和那些人的話題、與他們繼續談笑。根本沒必要對那些人太有禮貌，甚至是逢迎拍馬。我才不要，我受夠了。我已經做了所有我能做的了。媽媽不也眉開眼笑地看我今天耐著性子表現出好聲好氣的態度嗎。光是這樣就已經要偷笑了。我不明白究竟是明確地區分社交歸社交、自己是自己，方式正確、心情愉悅地待人接物比較好；還是即使遭受到世人的批評，也永遠不迷失自我，堂堂正正地往前走比較好。我好羨慕可以終其一生只跟與自己同樣軟弱、善良、溫柔的人一起生活的人。如果終其一生都不用體會到辛苦為何物，當然也無需刻意去自討苦吃，這樣真好。

扼殺自己的心情，為別人服務無疑是件好事，但如果今後每天都要勉強自己對今井田夫婦那種人強顏歡笑、阿諛奉承，我可能會發瘋。突然想起一件很好笑的事，我這個人，還真是不能坐牢啊。別說坐牢了，連女佣都無法勝任，也不能當人家的老婆。不，嫁人的情況另當別論。一旦痛下決心，想為這個人奉獻一生，再怎麼辛苦，就算忙到焦頭爛額，也很有成就感，又有希望，所以即使是我這種人，也能勝任愉快。這是理所當然的。我願意從早到晚忙得像陰溝裡的老鼠，洗一大堆衣服。再也沒有比髒衣服堆積如山更令人不愉快的事了。讓人焦慮萬分，心浮氣躁到歇斯底里的地步。讓人覺得就算死，也死不瞑目。當我把洗乾淨所有的髒衣服，全部晾起來的時候，我甚至覺得這下子死而無憾了。

今井田先生要回去了。不知道有什麼事，還把媽媽也帶走了。媽媽也真是的，唯唯諾諾地就跟著去了。但這也不是今井田第一次利用媽媽，今井田夫婦的臉皮厚得令人生厭，真想狠狠地揍他們一頓。我送大家到門口，獨自怔忡地眺望夕陽餘暉下的路，感覺悲從中來。

信箱裡有晚報和兩封信。一封是松坂屋寄給媽媽的夏季特賣廣告傳單，一封是表哥順二寄給我的信，內容很簡單，通知他這次要轉調到前橋的聯隊，要我向媽媽問好。雖然無法期待他升將校，過上位高權重的理想生活，但是每天規定得一板一眼的生活作息仍令人欣羨不已。要做什麼都有明確的規範，心情上想必很輕鬆。像我這樣，什麼都不想做的話，就乾脆什麼都不要做，置身於只要有心，甚至可以為非做歹的狀態；若是想學習，也有無窮無盡的時間可以學習；如果說有什麼欲望，感覺什麼希望都能實現，要是能給我一個範圍，只要從這裡努力到這裡就好，不知該有多幸福啊。如果能牢牢地限制住我，我反而謝天謝地。有本書上寫到在戰地執勤的士兵只有一個願望，那就是想好好睡一覺，我一方面同情他們如此辛勞，另一方面又好生羨慕。徹底擺脫剪不斷、理還亂、粗俗、繁瑣、無風起浪的思潮洪水，只是一心渴望一夜好眠的狀態，其實既乾淨又單純，光是想像就覺得神清氣爽。要是我也能體驗一次軍隊生活，徹底地鍛鍊一番，或許能長成稍微乾脆一點、優雅一點的女孩也未可知。即使沒經歷過軍隊生活，也有像阿新那麼坦率的人，可見我真是個無可救藥的女人，是個壞孩子。阿新是順二的弟弟，和我同年，卻是非常乖巧的好孩子。阿新是所有親戚中，不止，是全世界的人裡面，我最喜歡的人。阿新的眼睛看不見，年紀輕輕就失明，真是太慘了。如此寧靜的夜晚，一個人待在房間裡是什麼心情呢。如果是我們，即使感到寂寞，也能靠看書、欣賞風景來打發時間，可是阿新卻無法這麼做，只能靜靜地待著。他以前比別人更用功讀書，還是網球和游泳健將，該如何排遣此時此刻的寂寥、苦痛呢。我昨晚也想起阿新，躺在床上，試著閉上眼睛五分鐘。但就連只是躺在床上閉著眼睛，都覺得五分鐘好漫長、內心好鬱悶，阿新卻從早到晚，不分晝夜，日日月月年年什麼也看不見。如果他肯發牢騷、發脾氣、說些任性的話，我還會覺得很欣慰，可是阿新什麼也不說。我從未聽阿新抱怨過別人或講別人的壞話。不僅如此，他總是說著開朗的話、露出天真的表情。這使我更加心疼。

想東想西地打掃房間，燒水洗澡。坐在裝橘子的箱子上顧火，就著閃閃爍爍的煤油燈完成學校出的作業。寫完作業，洗澡水還沒燒好，於是我又重看了一遍《濹東綺譚》。書裡寫的事並不下流，也不骯髒，只是看到字裡行間透露著作者的自以為是，不知該怎麼說，就覺得果然是老生常談，又飄忽不定。或許是因為作者已經是老頭子了。不過外國作家的年紀再怎麼大，仍大膽而天真地愛著寫作對象。這麼一來，反而不討人厭。話雖如此，這部作品在日本或許仍屬於傑作。可以從作品的骨幹中感受到毫無虛假的靜謐而豁達，風格清新。這本書是該作者的作品中最枯燥的一本，我非常喜歡。感覺這位作者是很有責任感的人，對日本的道德諸多講究，因此才會寫出這麼多讓人臉紅心跳的作品。這是深情之人經常會有的偽惡趣味。故意戴上怵目驚心的鬼面具，反而削弱了作品的力道。

但這本《濹東綺譚》依舊蘊含著在寂寞中屹立不搖的頑強。我喜歡。

燒好洗澡水，打開浴室的電燈，脫下衣服，把窗戶拉到最開，悄悄地浸泡在浴缸裡。從窗口可以看到珊瑚樹的綠葉，一片一片在燈光的照射下，閃閃發光。星星也在空中熠熠生輝。反反覆覆地看了好幾遍，始終光燦耀眼。我仰躺在浴缸裡，陶醉在熱水中，刻意不去看自己身體淡淡的白色，儘管如此仍隱隱約約感覺得到，那抹白皙始終存在於視線一隅。另外，默不作聲時，又覺得與小時候的白略有不同，令我坐立不安。肉體不聽使喚地自顧自成長，令我感到無比的困惑。我對一天一天變成大人的自己束手無策，好難過。只能把一切交給命運，眼睜睜地看著自己逐漸長大成人。真希望自己的身體能永遠像洋娃娃。我像個孩子似地拍打著浴缸裡的洗澡水，心情依舊沉重。感覺已經沒有值得活下去的理由了，好痛苦。院子對面的草地上傳來別人家小孩帶著哭腔大喊「姊姊！」

的叫聲，倏地刺痛我的胸膛。又不是在叫我，我卻羨慕起那孩子哭著求著的「姊姊」。我要是也有個這麼愛我、願意向我撒嬌的弟弟，也不至於每天都活得這麼不像話、這麼惶惶不可終日。或許就抬頭挺胸地面對生活，下定決心為弟弟犧牲、奉獻一生。無論發生再苦的事，都能甘之如飴。自己在那邊一頭熱，然後又覺得自己很可憐。

洗好澡，不知怎地，今晚特別在意星星，走進院子裡。星星彷彿要從天而降。啊，夏天的腳步近了。四面八方傳來青蛙的叫聲。麥浪窸窸窣窣地迎風搖曳。我頻頻抬頭仰望，滿天星光閃爍。去年……不對，不是去年，已經是前年了，我吵著要去散步，爸爸當時已經生病了，仍陪我一起去散步。始終年輕的爸爸不是教我唱一首意思大概是「你活到一百歲，我活到九十九」的德語小調，就是告訴我星星的故事，或即興創作詩句，拄著拐杖，口水噴得到處都是，眨著眼睛，陪我一起散步的爸爸人真的很好。當我默默仰望星空時，往事歷歷如昨地想起爸爸。爸爸死後已經過了一、兩年，我逐漸變成糟糕的女兒。開始擁有許許多多只屬於我自己的祕密。

回到房間，托腮坐在書桌前，望著桌上的百合花。百合花好香。即使一個人如此無聊，聞到百合花的香味，心情竟也清明如鏡。這朵百合是我昨天傍晚散步到車站的時候，回程在花店買來的。有了這朵花之後，我的房間清淨得與之前的房間判若兩個房間，一拉開紙門，就能聞到百合花的香味，多麼美好啊。像這樣一瞬也不瞬地盯著看，以身體實際的感受而言，真覺得遠勝過所羅門的金銀財寶。突然想起去年夏天去山形爬山時，發現半山腰盛開著滿山遍野的百合，驚艷不已地沉醉在大自然裡。然而，我知道再怎麼努力也爬不上陡峭的懸崖，所以再怎麼受到吸引，也只能遠遠眺望。這時，附近剛好有個素未謀面的礦工，默默地爬到山崖上，轉眼間就摘下一大把雙手幾乎都要抱不住的百合花來

給我。不苟言笑地把花塞進我懷裡，真的好多、好大把。即使再窮奢極侈的舞台或婚禮會場，恐怕都沒有人能收到這麼多花。直到這一刻，我才知道百花撩亂是何滋味。必須張開雙手，才能勉為其難地捧起那把大朵大朵的雪白花束，完全看不見前方。不曉得那位年輕又認真，真的很令人敬佩的好心礦工現在過得如何。雖然只是不顧自身安危地去那麼危險的地方為我摘花，但我每次看到百合花，一定會想起他。

打開書桌的抽屜，翻了半天，找出去年夏天的扇子。元祿時代的女子坐沒坐相地頹坐在白色的扇紙上，旁邊畫了兩顆還沒熟的酸漿果。去年的夏天宛如輕煙般地從扇子裡冉冉上升。山形的生活、火車上的情景、浴衣、西瓜、河流、蟬鳴、風鈴。我突然好想帶著這把扇子去搭火車。打開扇子的感覺真不賴。叭啦叭啦地攤開扇骨，突然變得輕飄飄。拿在掌心裡把玩時，媽媽回來了。心情十分愉悅。

「哎，累死了，累死了。」媽媽嘴上抱怨，表情倒是沒有她說的那麼不愉快。媽媽很喜歡為別人的事奔走，真拿她沒辦法。

「因為事情有點複雜。」媽媽邊說邊換下衣服，進浴室洗澡。洗完澡，媽媽和我一起喝茶，笑得花枝亂顫，還以為她要說什麼呢。

「妳上次不是一直吵著要看〈赤腳的少女〉嗎？既然妳那麼想去，就去吧。不過交換條件是妳今晚要幫我搥背。付出勞力之後再去，享受起來也會更開心吧。」

我與奮得都要飛起來了。我早就想看〈赤腳的少女〉這部電影了，但這陣子我都在玩，所以不好意思開口。媽媽竟火眼金睛地察覺到這一點，交代我做事，好讓我能心安理得地去看電影。我真的好開心，好愛媽媽，自然而然地笑逐顏開。

媽媽熱愛交際，所以母女倆似乎已經很久不曾這樣深夜談心了。媽媽大概也正拚了命地努力，以免被人瞧不起。像這樣幫她搥背，可以清楚地感受到媽媽的疲憊。我會好好孝順媽媽。方才今井田來的時候，我居然偷偷地對媽媽懷恨在心，真可恥。我在嘴裡小小聲地說了句「對不起」。我總是只想到自己，對媽媽百般依賴不說，還表現出叛逆的態度。都不曉得媽媽有多難受，還動不動就頂撞她。自從爸爸過世以後，媽媽真的變得很脆弱。我自己一股腦兒把傷心、難過的情緒發洩在媽媽身上，但凡媽媽稍微向我尋求一下安慰，我就覺得好像看到什麼污穢、下流的東西，真是太任性了。明明媽媽和我都是弱女子。從今以後，我決定坦然地接受與媽媽相依為命的生活、隨時站在媽媽的角度思考、聊聊以前的事、聊聊爸爸的事，哪怕只有一天也好，我想以媽媽為中心過日子。藉此感受人生在世的意義。雖然我打從心底關心媽媽，想當個好女兒，可是我表現在行為及言語上的態度卻是不折不扣的任性小孩。不僅如此，這陣子的我真的幼稚極了，沒有任何可取之處，全身上下都是丟人現眼的污點。所謂的痛苦、煩惱、寂寞、悲傷到底是什麼。說穿了，就是死亡。知道是什麼意思，卻連一個類似的名詞或形容詞都說不出來。只是心神不寧，最後還怒火中燒，簡直莫名其妙。以前的女人雖然被罵是奴隸、是洋娃娃、是沒有自我的蟲子，仍比現在的我更符合好女人的定義，內心從容自若，具有以忍耐順從與爽朗大方的態度處世的睿智，也知道自我犧牲的純粹美德，還深刻體會完全不求回報的奉獻喜悅。

「啊，這位按摩師的技術真好。簡直是天才。」

媽媽又取笑我了。

「感覺如何？我可是很用心的。而且我的優點還不只是按摩而已。如果只有這個優點，那也太慘了。我還有很多優點。」

我老實說地出內心所想，聽在自己的耳朵裡，也覺得很痛快。這兩、三年來，我從未這麼天真無邪地把話說得如此斬釘截鐵。我覺得好高興，或許認清自己的斤兩，不再多做掙扎時，就能發現平靜的全新自己也說不定。

今晚，我對媽媽充滿感激之情，幫她按摩完之後，還唸了一段《愛的教育》給她聽。媽媽知道我在看這本書，果然露出放心的表情。前幾天，我在看凱塞爾的《青樓怨婦》，媽媽靜靜地從我手中拿走那本書，看了封面一眼，臉色很難看，不過什麼也沒說，就只是默默地立刻把書還給我，我心裡也有疙瘩，失去了繼續閱讀的興致。媽媽應該沒看過《青樓怨婦》，卻憑直覺發現那是一本什麼樣的書。在靜謐的夜裡，一個人大聲地讀著《愛的教育》，發現自己的聲音大得莫名其妙，讀著讀著，不免感到愚蠢，對媽媽很不好意思。周圍過於靜謐，所以更顯得愚不可及。無論什麼時候看《愛的教育》，都能得到與小時候幾無二致的感動，感覺自己的心靈也變得坦率而純潔，真不錯。可是用眼睛看和發出聲音讀的感覺完全不一樣，我驚訝得差點閉嘴。可是媽媽聽到安利柯或卡隆的段落時，低著頭哭了。我們家的媽媽就像安利柯的母親，是個堅強又美麗的女人。

媽媽先睡了。今天一早就出門，想必累壞了。我重新鋪好被褥，拍了拍被褥的邊緣。媽媽總是一鑽進被窩就閉上眼睛。

媽媽睡著後，我去浴室洗衣服。這陣子，我養成奇怪的習慣，快到十二點才開始洗衣服。或許是覺得白天用來洗衣服太可惜了，才反過來利用晚上的時間。從窗戶可以看到月亮。我蹲下來，淅瀝嘩啦地洗衣服，悄悄地朝月亮微笑。月亮佯裝不知。同一瞬間，我不禁相信世界上的某個角落，有個可憐的寂寞女孩，也同樣洗著衣服，同樣悄悄地朝月亮微笑。那是個貧窮的姑娘，住在遙遠鄉下山頂上的獨棟房子裡，夜深人靜的此時此刻，正在屋子後面默默地洗衣服。同一時間，有個年紀與我相仿的女孩，獨自在巴黎後街的破敗公寓走廊上偷偷地洗衣服，朝月亮微微一笑，我對此深信不移，彷彿透過望遠鏡真的看見了，色彩鮮明、輪廓清晰地浮現腦海。沒有人能真正理解我們的苦痛。如果現在馬上變成大人，我們的痛苦、憂傷或許都能成為荒謬無稽的可笑回憶，問題是要怎麼度過長大成人的這段漫長又可憎的期間呢。

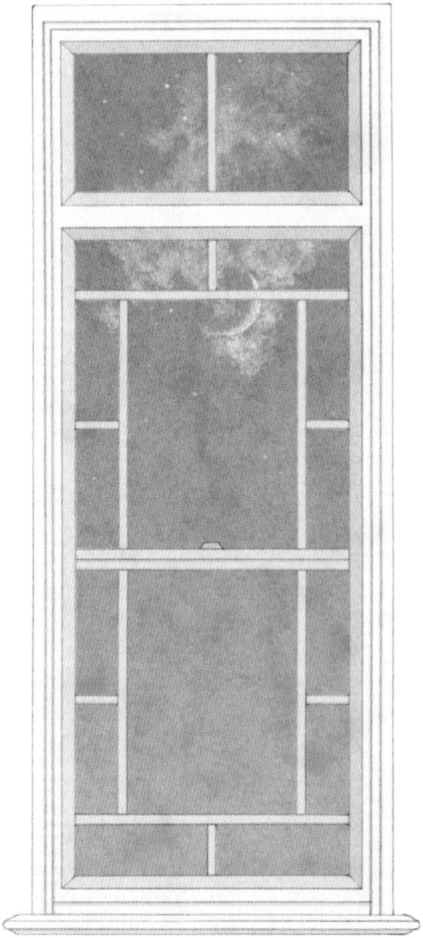

沒有人願意告訴我。就像只能置之不理，類似麻疹的疾病。不過，有人死於麻疹，也有人因為麻疹失明，所以也不能置之不理。我們每天都鬱鬱寡歡、情緒激動，其中也有人不小心走錯一步，失速墜落，造成無可挽回的後果，葬送自己的一生。肯定也有人一時想不開而自尋短見。

到時候，無論世人再怎麼痛惜「唉……再活久一點就能明白了，再成熟一點就自然就會懂了」，站在當事人的角度，儘管已經求生不得、求死不能，仍努力地撐過來，洗耳恭聽世人的批評指教，卻只得到不痛不癢的教訓，世人只會安慰我們算了啦、別放在心上，寡廉鮮恥地放我們鴿子。我們絕不是剎那主義者，也知道指著遠在天邊的山頭說：「只要走到那裡就能看到美妙的風景。」並無虛假，說的也沒錯，問題是我們現在明明腹痛如絞，他們卻視若無睹，只是苦口婆心地說：「快快快，再忍耐一下，爬到那座山上就行了。」肯定有人不對，錯的是你。

洗完衣服，打掃浴室，然後躡手躡腳地打開房間紙門，百合的香味撲鼻而來。說是連心底都變得透明，崇高的虛無主義也不為過。靜悄悄地換上睡衣，還以為媽媽已經睡熟了，她卻閉著眼睛，逕自說起話來，嚇了我一大跳。媽媽經常這樣不按牌理出牌地嚇唬我。

「妳說想要一雙夏天穿的鞋，所以我今天去澀谷的時候順便看了一下。鞋子也變貴了。」

「不用了，我沒有非要不可。」

「可是沒有的話，妳會很困擾吧。」

「嗯。」

明天大概又是相同的日常。幸福一輩子都不會來。我早就知道了。

儘管如此，最好還是抱著幸福一定會來，明天就會來的信念就寢。我故意聲響大作地仰躺在棉被上。啊，好舒服。被子涼涼的，背後涼爽的程度恰到好處，忍不住悠然神往。

幸福晚了一夜來臨。我怔怔地想起這句話。望眼欲穿地苦等幸福，等到忍無可忍，衝出家門，又過了一天，美好的幸福才去被我拋棄的家敲門，已經太遲了。幸福晚了一夜來臨。幸福——。

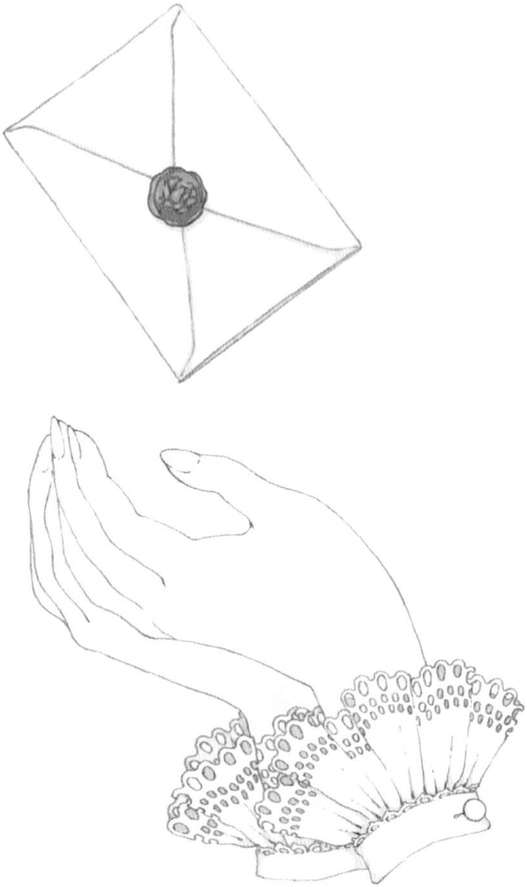

可兒的腳步聲從院子裡傳來。叭噠叭噠叭噠叭噠，可兒的腳步聲很有特色。牠的右前腳比較短，再加上前腳是O型腿還外八，所以腳步聲聽起來有些寂寥。牠經常三更半夜在院子裡走來走去，不曉得在做什麼。可兒很值得同情。我今天早上也故意欺負牠，明天要對牠好一點。

我有個可悲的習慣，如果不用雙手捂住臉就睡不著。我捂住臉，動也不動。

進入夢鄉的那一刻感覺很奇怪。像是鯽魚或鰻魚用力地扯著釣線，沉甸甸地有如鉛塊般的力量，順著釣線用力拉扯我的腦袋，當我昏昏沉沉地就快要睡覺時，又稍微放鬆釣線，讓我倏地清醒過來。再用力拉緊，我又迷迷糊糊地打起瞌睡來，然後再稍微放鬆釣線。如此重複三、四次，最後使勁地用力一拉，這次終於一覺到天明。

晚安。我是沒有王子的灰姑娘。各位知道我人在東京的哪裡嗎？我們這輩子都不會再見了。

＊本書之中，雖然包含以今日觀點而言恐為歧視用語或不適切的表現方式，但考慮到原著的歷史背景，予以原貌呈現。

譯註

第11頁

【唐人阿吉】〔唐人お吉〕斉藤きち（1841年～1890年5月27日），是幕府末年到明治時期一位伊豆國下田的藝妓，傳聞阿吉被幕府選為美國駐日總領事哈里斯的小妾，因而與訂下婚約的戀人分別，又因當時日本風氣對於和外國人男性交好的日本女性冷漠相待，造就了其悲劇色彩。阿吉的故事常被改編創作，此文中所唱的歌亦是由此而來。

【莫札特】〔モオツァルト〕Wolfgang Amadeus Mozart（1756年1月27日～1791年12月5日）古典時期的作曲家及鋼琴家，其創作被廣泛視為典型古典音樂，是將此一風格發揚光大者。

【巴哈】〔バッハ〕Johann Sebastian Bach（1685年3月31日～1750年7月28日）巴洛克時期的作曲家及管風琴、大鍵琴、小提琴演奏家，亦為巴洛克音樂的集大成者，是音樂史上最偉大、傑出的作曲家。

第18頁

【賣火柴的小女孩】〔マッチ売の娘〕著名童話，為丹麥童話作家安徒生所撰寫。講述一個賣火柴的小女孩在年底闔家團聚歡樂的節日於街頭凍死的故事，安徒生藉由這篇文章表達對底層人士的同情，並諷刺當時資本主義社會的不公平。

第36頁

【久原房之助】〔久原房之助〕日本實業家・政治家・二戰甲級戰犯之一。

第39頁

【居禮夫人】〔マダム・キュリィ〕Maria Sklodowska-Curie（1867年11月7日～1934年7月4日）波蘭裔法國籍物理學家、化學家，獲得兩次諾貝爾獎（物理學獎及化學獎），且是第一位得獎女性，亦為巴黎大學第一位女教授。

第50頁

【苫小牧】〔苫小牧〕位於北海道西南部的城市，明治時期開始發展造紙業，且具有全球報紙產量最大的工廠，因而有「紙的城市」美稱。

第56頁

【烏克麗麗】〔ウクレレ〕一種有四條弦的夏威夷撥弦樂器，屬於魯特琴樂器，最初於19世紀由葡萄牙移民帶往夏威夷，成為一種類小吉他的樂器，當地稱之為ukulele，英國則叫做ukelele。

第58頁

【路易王朝】〔ルイ王朝〕一般通稱「波旁王朝」，在歐洲歷史上，波旁王朝為斷斷續續統治納瓦拉、法國、西班牙、那不勒斯、西西里、盧森堡及義大利若干公國的跨國王朝。

第59頁

【洛可可】〔ロココ〕Rococo是由法文的「Rocaille」和「coquilles」而來，起源於18世紀法國的一種風格，一般常見於建築和裝飾，亦有音樂（1720～1775年左右）和文學作品。

【敷島香菸】〔敷島〕一款由大藏省專賣局製造，二戰前於1904年6月29日～1943年12月下旬生產發售的帶有濾嘴的日本捲菸品牌之一，在當時為日本國產的高級香菸。

第60頁

【小資產階級】（プチ・ブル）介於資產階級和資本家及無產階級之間，一種小本經營的商營或家庭式營業者。

第65頁

【松坂屋】是日本歷史最悠久的百貨公司。

第68頁

【濹東綺譚】（濹東綺譚）是永井荷風的小說，多次被改編為電影。

第74頁

【赤腳的少女】（裸足の少女）1935年由Josef Rovensky導演及演出的作品。

第78頁

【愛的教育】（クオレ）愛德蒙多・德・亞米契斯所撰寫的義大利兒童文學。

【凱塞爾】（ケッセル）Joseph Kessel（1898～1979）法國記者・小說家，有《青樓怨婦》等著作。

【青樓怨婦】（昼顔）法國記者・小說家約瑟夫・凱塞爾創作的《Belle de Jour》。

第79頁

【安利柯】（エンリコ）Enrico，《愛的教育》一書的主角。

【卡隆】（ガロオン）Garrone，《愛的教育》一書的配角，是安利柯的同學。

第83頁

【虛無主義】（ニヒル）起源於拉丁語中的「nihil」，即是「什麼都沒有」的意思，英文為「Nihilism」。是一種哲學意義，是懷疑主義的極致形式，認為世界、生命（尤其是人類）的存在沒有客觀意義，所有發生的事都沒有意義。著名哲學家有尼采及海德格爾。

解說

身體・家族・空間變異——太宰治〈女生徒〉的獨白世界／洪敍銘

〈女生徒〉在太宰治的筆下，藉由敘事者「我」的身體描寫，揭示人在家族、社會與空間的交互關係與適應下，面臨著「理所當然」與「無從抵抗」的改變。在全篇漫長、細瑣且流動的獨白中，「我」從身體的描述出發，談及自己索然無味的外表，進而因自卑產生的自我厭棄，也移植到對殘障狗可兒的厭棄上，值得注意的是，故事中對身體變異的描述，並不是生理上的殘缺，而是與扭曲、肥胖、猥瑣相關，也總是會連結到「髒」、「臭」、「噁心」的負面感受。

身體的變異，在小說中常見以夢境、幻想、移植與魔變等方式的運用，追根究柢，是一種小說通往真實的手段，不論是對於傷殘斷肢、醜陋面貌、扭曲的五官與姿態等敘述，或是充滿窺視的空間與蝸居於自身身體以尋求庇護的荒謬結局，身體與空間的「變異」，讓看似出於幻想、夢境中才會生發的恣意變形，實則是有感於現實的荒謬而做出的真實反映。

也因此，在〈女生徒〉中，可見「我」在家庭、社群人際、社會網絡等不同的場域中所發生的衝突，大多帶有極為叛逆且荒謬的敘述；最突出的部分，即是「我」對於電車大嬸的厭惡，「唉，髒死了，髒死了。女人真下流。我自己也是女人，很清楚女人那些骯髒的心思。真討厭，討厭到令人咬牙切齒的地步」，從敘述中可知，「我」對電車大嬸不合時宜的裝扮、肥胖的身軀、密密麻麻的頸紋既感到粗俗，甚至是憤怒；而當「我」在公車上偶見另一個女人時，對不乾淨的衣服、雜亂的頭髮、骯髒的手腳、肥大的肚腩的嫌惡溢於言表，幾乎都是相同的心理模型的應用。但是，「我」卻自覺地認知「我自己也是女人」，而且一想到「自己也將日復一日地散發出雌性的體臭」，更強化了自我厭棄之感。

蘇珊・布朗米勒（Susan Brownmiller）曾指出：

幾乎所有的文明都尋求將一致的好身材強加於女性的身體。這種女性的美通常否定女性身體的完整性，常通過重新安排、強調或是完全減掉女性身體構造上的某些部份或是某些肉體的自然表達來達到（徐颸、朱萍譯，2006：12—13）。

她強調女性注重身材、符合衣著等，雖是一種對自我重視的體現，但尤其是肥胖、醜陋等具有負面意涵的身體型態，都強烈地反應著社會對女性身體的支配。由此，〈女生徒〉表現出的悲哀或說無奈，係源於這種屈服與順從；這種「理所當然」的規則如何從社會的體制下附著於身體、以致於當文本中的敘事者發現時，已到了「無從抵抗」的窮途末路——甚至必須藉由「死亡」來逃避或尋求解脫。

另外，〈女生徒〉中展現了社會與家族的主題，除了強調人與人的相處模式與互動外，也包含人與空間的權力關係。母親接待今井田夫婦的敘述，尤為可觀。傅柯（Michel Foucault）於

《規訓與懲罰：監獄的誕生》探討監獄與制度形成一書中，以邊沁（Bentham）的環形監獄建築概念所創的「全景敞視主義」探析社會體制在家屋外部空間化成的具體意象，而在外在異常環境的監視下，無處可逃的「我」將身體視為一個可供躲藏的空間，這也進一步能夠解釋小說結尾留下的懸疑：「『我』在隱藏什麼？」以及「為什麼而藏？」

小說中透過「我」在無可抵抗的人際互動間，體現清晰的權力結構圖像，並說明權力的無所不在。然而返回「家屋」——應是最終回歸的庇護所之時，我們卻看見這個空間卻也產生了荒謬的質變。小說中寫到「我」返家後，家裡已來了客人，而母親的笑臉迎人與逢迎，讓「我」感到護衛私密感（Intimité）的崩毀。因此，「我」嘗試透過「洛可可料理」，欲從廚房重新取得對家屋空間的主導權，然而母親的迎合與討好，卻讓「我」更為真切地意識到，在父親離世後，母親只能如此卑微地存活下去。

當「家屋」遭受外在權力的入侵，而喪失了庇護、安置的場所精神，便趨近了傅柯所提出的「全景敞視主義」，因為受到權力的注視與監督，長久下來，儘管「我」和母親看似仍然住居在諸如房間、客廳、浴室等隱密空間內，但卻無法迴避「父親死亡」後所造成的權力流動，因此「我」儘管感到受到欺凌、感到憤怒，但因為「我爸不在了」的孤兒寡母，使她只能忍氣吞聲、笑臉迎人地服侍著眼前的客人，日復一日，直至崩潰與發狂。

這些異質空間的描寫夾雜著父親離世後家庭權力運行的改變，以及家屋意義的質變，藉由人物與空間的消長，敘述「我」瀕臨孤絕的狀態，而不論坦然或恐懼、不安或臣服，這些內心想法都以「變形」的方式表現在對身體的敘寫上，因此表現出即使居住在家裡卻無處可逃的心境——必須進入夢境才能安放身體、厭惡日常、深刻認知理所當然又無法體抗的無力感，說明在權力體制之下，身體在全景敞視空間裡不論變的多巨大，都只是一個被宰制的符號，表現出「我」與母親間搖搖欲墜的家族關係。

另一方面，身為一個獨立的個體，「我」無可避免地生活在充滿注視的社會，如同不管如何厭棄醜陋的形貌與客人所代表的權力入侵，也不得不承認存活的必需條件，仍是機械式地運作身體機制，面對著「即使再痛苦，也想活下去」的念頭，「我」試圖想像一個能夠存放「真實的自己」的空間，這個空間將不受外在的威脅與傷害，即成為「逃脫」的方式。由此，〈女生徒〉的結局，讓讀者自問：那真正的身體在哪裡、我們該如何自處等真實層面的問題時，才能理解「如果不用雙手捂住臉就睡不著」這個「躲進自己的身體裡」敘述的用意，或許在於讓自己完全隱身與消失，才能逃離這種輪迴的哀嘆。

從身體到異質的空間描寫，〈女生徒〉透過女性主體的獨白，混雜著橫跨性別、人際與存在、空間與權力的敘述，表現出個人存在的困境與家族關係的疏離；那些看似難解的意象、違反邏輯的情節，都是為了印證現實社會裡被隱藏、遺忘的真實，即如閻連科認為小說中荒謬與複雜難解的描述與想像，事實上反而帶著對連結現實的渴望，人與世界間不可分割、剝離的型態（閻連科，2011：172），反而表現在受壓抑、在社會規訓下已被改造的身體，為了避免外在的監視與改造，我們習慣躲藏在扮演身分中，展開人際交往、藉此躲避在規訓與權力下不合時宜的自我。於此，當我們看見太宰治某些乍看之下令人摸不著頭緒的風景，如：

在遙遠鄉下山頂上的獨棟房子裡，夜深人靜的此時此刻，正在屋子後面默默地洗衣服。同一時間，有個年紀與我相仿的女孩，獨自在巴黎後街的破敗公寓走廊上偷偷地洗衣服，朝月亮微微一笑，我對此深信不移，彷彿透過望遠鏡真的看見了，色彩鮮明、輪廓清晰地浮現腦海。

即意圖由書寫看似荒謬般的真實，以達到喚醒那些易於遺忘的現實層面目的——表現「苦痛」，那些不可能因為長大而緩解的殘缺、壓迫、茫然與傷痛，但或許，痛仍是存活的最佳證據，而轉變仍可能帶來幸福與希望。

解說者簡介／洪敍銘

文創聚落策展人、文學研究者與編輯。「托海爾：地方與經驗研究室」主理人，著有台灣推理研究專書《從「在地」到「台灣」：論「本格復興」前台灣推理小說的地方想像與建構》、〈理論與實務的連結：地方研究論述之外的「後場」〉等作，研究興趣以台灣推理文學發展史、小說的在地性詮釋為主。

乙女の本棚系列

『檸檬』
梶井基次郎+げみ
定價：400元

我深深地吸了一口那帶著香氣的空氣。
先前從不曾如此深呼吸
讓空氣盈滿肺部，
一股溫熱血液的餘溫
攀上我的身體及臉龐，
總覺得身體中的活力
似乎有些甦醒。……

在經手梶井基次郎『檸檬』的
書籍裝幀及CD封面繪製等領域活躍，
受到廣泛世代支持的
插畫繪師げみ。
超越時代、文豪與繪師的夢幻組合，
鮮活地在現代混搭融合。

乙女の本棚系列

『葉櫻與魔笛』
太宰治＋紗久楽さわ
定價：400元

我將臉頰緊貼著妹妹削瘦的臉頰，
淚流不止，
輕輕摟住妹妹。就在這時候，
啊，聽見了！
儘管隱隱約約，
但確實是
《軍艦進行曲》的口哨聲……

太宰治的『葉櫻與魔笛』配上，
曾經將畠中惠人氣系列作
『まんまこと』漫畫化，
以豐富色彩和服聞名的
人氣漫畫家紗久楽さわ。
超越時代、文豪與繪師的夢幻組合，

乙女の本棚系列

『夜長姬與耳男』
坂口安吾＋夜汽車
定價：400元

值得喜愛的，一定是詛咒、或是屠殺、或是爭奪得來的啊。

經由師父的推薦，耳男獲得了為夜長姬雕刻佛像的機會。朝著遠離故鄉、那位小姐所居住的村子啟程的耳男，卻未能預料到在目的地等待著他的，會是一段殘酷且妖異詭譎的時光。

筆下的美麗作品洋溢著懷舊氛圍，引發關注熱潮的插畫繪師夜汽車，憑藉其充滿童話韻味的描繪技法，精妙地呈現出坂口安吾『夜長姬與耳男』作中的異色之戀。
超越時代、文豪與繪師的夢幻組合，鮮活地在現代精巧融合。

乙女の本棚系列

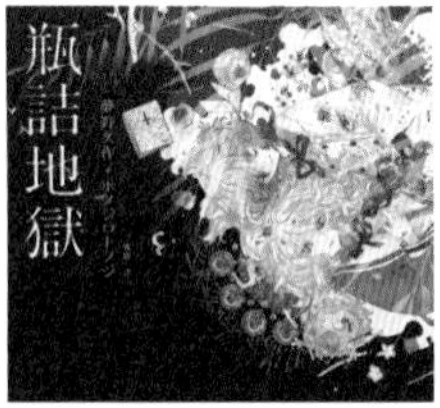

『瓶詰地獄』
夢野久作＋ホノジロトヲジ
定價：400元

這座讓人愉悅的美麗島嶼，已經儼然成為地獄。

漂流到海濱的三封瓶中信，上頭的內容，是由一對遭遇船難的兄妹在無人島上度過的生活所堆砌而出。但是仔細端詳這三封信之後，卻在各種細節上，流露出諸多難以言喻的不協調感。

因經手『刀劍亂舞』的角色設計等經歷而廣為人知、創作許多插圖與漫畫的插畫繪師ホノジロトヲジ，夢野久作『瓶詰地獄』在其精湛的畫技展現下，以宛如夢囈般讓人窒息且瀰漫癲狂禁忌的孤島世界，在眾人眼前呈現。超越時代、文豪與繪師的夢幻組合，鮮活地在現代精巧融合。

乙女の本棚系列

『山月記』
中島敦+ねこ助
定價：400元

「聞此聲，莫非吾友李徵其人？」

袁　在旅途當中，
與昔日舊友李徵重逢。
但過往的美少年李徵，
卻已不復從前英姿而化為異形。

中島敦的『山月記』由經常擔任書籍裝幀、遊戲及CD封面的貓助繪製，擅長描繪出美麗角色，能仔細描摹出野獸姿態與神情等。

乙女の本棚系列

『外科室』
泉鏡花＋ホノジロトヲジ
定價：400元

但是，你卻、你卻、
不知道我是誰！

在手術室當中拒絕麻醉的夫人。
其雙眼凝視之處，
為外科醫生・高峰。

泉鏡花的『外科室』由以『刀劍亂舞』角色設計而聞名的插畫家ホノジロトヲジ繪製，擅長描繪出鮮明的現代風格。同時負責於本系列夢野久作『瓶詰地獄』及其他各文學作品。
超越時代、文豪與繪師的夢幻組合，
鮮活地在現代精巧融合。

乙女の本棚系列

『祕密』
谷崎潤一郎＋マツオヒロミ
定價：400元

心中揣者「祕密」，即便是司空見慣的嘈雜的公園夜景，在我眼中也變得新鮮有趣。不管走到哪裡和看到什麼，統統像是第一次遇到似地，感覺相當神奇。我瞞過眾人的眼睛、騙過明亮的燈光，成功將自己藏匿在濃豔的脂粉與縐綢的衣裳底下。只因為透過一層名為「祕密」的帷幔觀察外界，就連平凡的現實也像是染上了如夢似幻的奇妙色彩。

由熱愛和服及近代建築、活躍於書籍設計領域的插畫師マツオヒロミ，用細膩的筆觸刻劃出『祕密』那綺麗妖冶的異色風情。
超越時代、文豪與繪師的夢幻組合，鮮活地在現代混搭融合。

譯者

緋華璃

不知不覺，在全職日文翻譯這條路上踽踽獨行已十年，未能著作等身，但求無愧於心，不負有幸相遇的每一個文字。

歡迎來【緋華璃的一期一會】坐坐：
www.facebook.com/tsukihikari0220

TITLE

女生徒

STAFF

出版	瑞昇文化事業股份有限公司
作者	太宰治
繪師	今井キラ
譯者	緋華璃
總編輯	郭湘齡
責任編輯	張聿雯
文字編輯	蕭妤秦
美術編輯	許菩真
排版	許菩真
製版	明宏彩色照相製版有限公司
印刷	桂林彩色印刷股份有限公司
法律顧問	立勤國際法律事務所　黃沛聲律師
戶名	瑞昇文化事業股份有限公司
劃撥帳號	19598343
地址	新北市中和區景平路464巷2弄1-4號
電話	(02)2945-3191
傳真	(02)2945-3190
網址	www.rising-books.com.tw
Mail	deepblue@rising-books.com.tw
初版日期	2022年1月
定價	400元

國家圖書館出版品預行編目資料

女生徒/太宰治作；今井キラ繪；緋華璃譯. -- 初版. -- 新北市：瑞昇文化事業股份有限公司, 2022.01
108面；18.2 x 16.4公分
譯自：女生徒
ISBN 978-986-401-532-0(精裝)

861.57　　110020590